Inconnu à cette adresse

Fichesdelecture.com

Inconnu à cette adresse
(Fiche de lecture)

I. INTRODUCTION

C'est un roman épistolaire de Kathrin Kressmann Taylor qui a été publié pour la première fois dans sa version intégrale dans *Story Magazine* en 1938. Ses éditeurs Whit Burnett et Elliott jugent que « *cette histoire est trop forte pour avoir été écrite par une femme* », et décident du pseudonyme masculin de Kressmann Taylor, qu'elle utilisa ensuite jusqu'à la fin de sa vie.

Le Reader's Digest accueille à son tour la nouvelle dans ses pages, puis Simon & Schuster le publient sous forme de livre en 1939, 50 000 exemplaires sont vendus. Suivent des éditions étrangères, mais le livre est interdit dans l'Allemagne nazie.

L'auteur s'est inspirée de lettres réellement écrites et d'un fait réel, l'amitié profonde et sincère entre deux hommes, marchands de tableaux, Max et Martin, vivants en Californie. Un jour Martin retourne en Allemagne et Max, juif américain, reste dans son pays. Ils décident de s'écrire régulièrement.

II. RÉSUMÉ DU ROMAN

Il s'agit d'une correspondance épistolaire fictive étalée du 12 novembre 1932 au 3 mars 1934 entre deux amis, Martin Schulse, 40 ans, marié et père de 3 garçons, et Max Eisenstein, 40 ans, célibataire. Ils sont associés et vendent des tableaux à San Francisco, la Galerie Schulse-Eisenstein. Martin est Allemand, Max est un Allemand d'origine juive installé en Amérique.

Au début des années 1932, Martin retourne en Allemagne, ils décident alors de s'écrire régulièrement. Leurs premières lettres sont banales et ils parlent d'affaires. On apprend que la sœur de Max, Griselle, est une jeune comédienne et souhaite faire carrière en Allemagne.

Les premières lettres sont chaleureuses. Chacun raconte sa vie quotidienne, Martin l'informe qu'il a acheté une maison de campagne et de la cherté de la vie et des privations pour les gens de ces deux pays.

En juillet 1933Max s'inquiète des changements dont il entend parler en Allemagne : « *Qui est cet Adolf Hitler qui semble en voie d'accéder au pouvoir en Allemagne ? Ce que je lis sur son compte m'inquiète beaucoup* ». Martin, fasciné par le dictateur, répond avec un mélange d'admiration et de doute : « *Franchement, Max, je crois qu'à nombre d'égards Hitler est bon pour l'Allemagne, mais je n'en suis pas sûr... L'homme électrise littéralement les foules ; il possède une force que seul peut avoir un grand orateur doublé d'un fanatique. Mais je m'interroge : est-il complètement sain d'esprit ?* »

Peu à peu, une fracture apparaît entre les eux amis. Martin demande à son fidèle ami de stopper leur correspondance : « *je t'écris sur le papier à lettres de ma banque (...) Nous devons présentement cesser de nous écrire* ». Son ami change de ton puis déclare : « *La race juive est une plaie ouverte pour toute la nation qui lui a donné refuge* ». Il ajoute qu'il est fier de « *la renaissance de l'Allemagne sous l'égide de son vénérable Chef* ».

Max ne comprend pas comment son ami peut cautionner ce « massacre de gens innocents ». Il refuse de perdre son amitié insiste et lui demande d'aider Griselle, qui est actrice dans un théâtre de Berlin : « *Je te confie mon imprudente Griselle* ».

Martin fait profession de sa foi pour Hitler. Max reçoit la deuxième lettre envoyée à sa sœur avec la mention « Inconnu à cette adresse ». Max supplie alors Martin, au nom de son amour passé pour elle, de prendre de ses nouvelles : « *Tu as connu sa grâce, son charme, sa beauté. Elle t'a donné ce qu'elle n'a donné à aucun autre homme : son amour. (...) Je la remets entre tes mains car je n'ai aucun autre recours* ».

Martin lui répond : « *Ta sœur est morte. Malheureusement pour elle, elle s'est montrée stupide. Il y a quinze jours, elle est arrivée ici, avec une horde de S.A. (...) pratiquement sur ses talons. Par chance, c'est moi qui ai ouvert la porte. Tout d'abord j'ai cru voir une vieille femme, puis j'ai vu son visage - et j'ai vu aussi les S.A. qui passaient déjà devant les grilles du parc. Bien sûr, en tant que patriote, mon devoir m'apparaissait clairement. Elle avait montré sur scène son corps impur à de jeunes Allemands : je devais la retenir et la remettre sur-le-champ aux S.A. Je ne l'ai pas fait. Je lui ai dit : « Tu vas tous nous faire prendre. Cours vite te réfugier de l'autre côté du parc. » Elle m'a regardé dans les yeux, elle a souri, elle m'a dit : « la dernière chose que je souhaite, Martin, c'est te nuire »*, elle a pris sa décision. *Elle devait être épuisée, elle n'a pas couru assez vite et les S.A. l'ont repérée. Je suis rentré, impuissant ; quelques minutes plus tard, les cris se sont tus. Le lendemain matin, j'ai fait transporter son corps au village pour l'enterrer »*.

Elle meurt assassinée par les S.A dans la propriété de Martin, ce dernier lui ayant refusé l'asile. Il ne ressent aucun remords, mais une rancune envers elle qui peut lui attirer des ennuis : *« Je ne veux plus rien avoir à faire avec les Juifs, (...). C'est déjà bien assez fâcheux pour moi qu'une Juive soit venue chercher refuge dans mon domaine. Je ne tolèrerai plus d'être associé d'une manière ou d'une autre avec cette race »*.

Max ne se plaint pas, il continue d'écrire à son ami de nombreuses lettres très amicales sans tenir compte des supplications de son « ami » : *« Comment toi, un ami de toujours, peux-tu me faire une chose pareille ? Te rends-tu compte que tu es en train de me détruire ? »*

Martin est alors révoqué de son poste de fonctionnaire et Max continue d'écrire à son vieil ami des lettres suggestives en y déclarant : *« ne néglige aucune autre piste »* ou *« Que le Dieu de Moïse soit à ta droite »*.

Enfin, la vengeance de Max s'accomplit lorsqu'il reçoit sa lettre avec la mention « Inconnu à cette adresse » qui clôt le livre.

III. PRÉSENTATION DES PERSONNAGES

Max Eisenstein

C'est un personnage humaniste, il apparaît très attaché à ses valeurs, sensible il se montre soucieux du bonheur de ses proches. Il est très attaché à sa sœur. Son amitié avec Martin lui tient à cœur il ne comprend pas pourquoi son ami a changé en si peu de temps. Après la mort de sa sœur, il veut la venger et met en place un plan machiavélique : il continue d'écrire des lettres à Martin laissant supposer que ce dernier complote contre Hitler.

Martin Schulse

C'est un personnage plus matérialiste qui s'éloigne de plus en plus des valeurs de Max. Il semble mener une vie aisée en Allemagne. C'est un homme a priori sain d'esprit, cultivé et proche du libéralisme, mais il adhère corps et âme à une idéologie totalitaire rapidement. Il décide : « On ne doit plus communiquer avec Max ». Son épouse n'est pas d'accord.

Griselle Eisenstein

Elle constitue le personnage central, toute l'intrigue tourne autour d'elle, mais elle reste au second plan. Nous ne la connaissons qu'à travers les yeux de Max et Martin : *« J'ai reçu hier une charmante lettre de Griselle et J'ai écrit à Griselle dès que j'ai su qu'elle était à Berlin et elle m'a répondu par un mot très bref ».* C'est une jeune comédienne. On apprend qu'elle a eu une liaison avec Martin.

Max lui porte une affection presque paternelle : *« J'ai reçu hier une charmante lettre de Griselle. Elle me dit qu'il s'en faut de peu pour que je devienne fier de ma petite sœur. Elle a le rôle principal dans une nouvelle pièce qu'on joue à Vienne et les critiques sont excellentes ; les années décourageantes qu'elle a passées avec de petites compagnies commencent à porter leurs fruits. Pauvre enfant, ça n'a pas été facile pour elle, mais elle ne s'est jamais plainte. Elle a du cran, en plus de la beauté et, je l'espère, du talent. Elle me demande de tes nouvelles, Martin, avec beaucoup d'amitié ».*

Remarquée à Vienne où elle perce, elle triomphe jusqu'à la fin juin ce qui lui vaut l'offre d'un rôle superbe à Berlin au Théâtre Koenig.

IV. AXES DE LECTURE

De l'amitié à la haine

Entre les deux amis, on compte dix-neuf lettres, le pivot se fait à la lettre 12, les lettres sont de plus en plus courtes et les formules d'adresse de plus en plus froides. Les trois dernières lettres sont toutes de Max, Martin ne se donne plus la peine de répondre à son ancien ami. Ce changement est dû à Martin qui en raison de sa position dans la société allemande et de ses nouvelles convictions politiques, il ne veut plus correspondre avec un Juif. Max n'est plus un ami, même plus un individu pour Martin.

Max n'accepte pas la trahison de son ami : *« Je ne trouve pas le repos après la lettre que tu m'as envoyée »* ou encore *« je garde confiance en toi ».* Martin indique ensuite à Max qu'il y a une nouvelle censure et que leur correspondance pourrait compromettre sa position de haut fonctionnaire, de plus il a adhéré aux idées nazies, et ne veut plus de contact avec un Juif. Ses propos antisémites sont d'une grande violence : « *La race juive est une plaie ouverte pour toute nation qui lui a donné refuge* ».

Après la mort de Grisette, Max commence à exécuter un plan machiavélique : il continue d'écrire des lettres à Martin laissant supposer que ce dernier complote contre Hitler. Max emploie systématiquement des formules religieuses, au bas de ses lettres : « *Nos prières t'accompagnent, cher frère* ». Il en rajoute en ne cessant de citer des noms à consonance juive : Mandelberg, Fleishman, oncle Salomon et tante Rheba, le jeune Blum, puis sa propre signature qui devient « Eisenstein ». Il invente des liens de parenté entre Martin et lui : « grand-maman », « l'Oncle Salomon », « Tante Rheba », « le cousin Julius ».

Tous les détails que donne Max laissent penser que les deux hommes sont unis via une appartenance à une même grande famille : à la communauté juive qui trame un complot contre le régime nazi. Les agents de la censure sont persuadés qu'un complot international, un « grand événement » se prépare entre ces deux hommes.

L'envoi d'une lettre tous les quinze jours qui représentent le temps nécessaire pour qu'une lettre soit acheminée d'un continent à l'autre donne l'impression d'un échange régulier entre Max et Martin. Martin contribue malgré lui à sa perte par l'envoi de sa dernière lettre du 12 février, car il annonce qu'il l'a fait sortir clandestinement. Il explique qu'il est soupçonné, interrogé sur le codage évident des lettres. Martin est révoqué de son poste de fonctionnaire pour lequel il avait fait le choix de renoncer à son amitié. Par cette lettre, Martin confirme à Max que son plan machiavélique a réussi.

Martin tente de raisonner son ami et insiste sur le fait que s'il continue, il le condamne à mort par son envoi probable en camp de concentration : « *C'est du fond de mon cœur rempli pour toi d'une vieille affection que je t'implore* ».

Ainsi, pour se venger de la trahison de son ami, Max utilise la censure et la police nazie, en sachant pertinemment que le contenu de ses lettres, qui donne l'impression d'un complot juif dont les membres échangent des codes secrets, ne peut que faire soupçonner et condamner Martin.

À la fin du récit, la mort de Griselle est vengée.

Le contexte politique

Kathrin Kressmann Taylor a publié ce récit en octobre 1938, soit un mois avant la Nuit de Cristal et près d'un an avant la déclaration de la Seconde Guerre mondiale. Dès 1938 il semble que certains Américains et Européens étaient au courant des exactions qui avaient lieu en Allemagne. Par ailleurs 1938, c'est l'année de l'Anschluss, des accords de Munich, l'année de beaucoup d'ambiguïtés et de toutes les questions.

Kathrin Kressmann Taylor nous montre ici comment un homme a priori sain d'esprit, cultivé et proche du libéralisme a adhéré corps et âme à une idéologie totalitaire. On comprend au fur et à mesure, son évolution psychologique, il est entraîné malgré lui. L'auteur met en vérité cette réalité, n'importe quel humain peut tomber dans l'horreur et la haine de l'autre.

Enfin la place de l'art est centrale dans le récit, habituellement la première « victime » dans les régimes totalitaires. Véhiculant des idées subversives et révolutionnaires, la peinture, la littérature, la sculpture sont mises sous contrôle et seules les œuvres « habilitées » perdurent. Kathrin Kressmann Taylor, en choisissant pour protagonistes deux galeristes transforme l'art en une arme, outil de dénonciation.

Dans la même collection en numérique

Escadrille 80

Inconnu à cette adresse

La controverse de Valladolid

Les Vilains petits canards

Une partie de campagne

Cahier d'un retour au pays natal

Dora Bruder

L'Enfant et la rivière

Moderato Cantabile

Alice au pays des merveilles

Le faucon déniché

Une vie

Chronique des Indiens Guayaki

Je voudrais que quelqu'un m'attende quelque part

La nuit de Valognes

Œdipe

Disparition Programmée

Education européenne

L'auberge rouge

L'Illiade

Le voyage de Monsieur Perrichon

Lucrèce Borgia

Paul et Virginie

Ursule Mirouët

Discours sur les fondements de l'inégalité

L'adversaire

La petite Fadette

La prochaine fois

Le blé en herbe

Le Mystère de la Chambre Jaune

Les Hauts des Hurlevent

Les perses

Mondo et autres histoires

Vingt mille lieues sous les mers

99 francs

Arria Marcella

Chante Luna

Emile, ou de l'éducation

Histoires extraordinaires

L'homme invisible

La bibliothécaire

La cicatrice

La croix des pauvres

La fille du capitaine

Le Crime de l'Orient-Express

Le Faucon malté

Le hussard sur le toit

Le Livre dont vous êtes la victime

Les cinq écus de Bretagne

No pasarán, le jeu

Quand j'avais cinq ans je m'ai tué

Si tu veux être mon amie

Tristan et Iseult

Une bouteille dans la mer de Gaza

Cent ans de solitude

Contes à l'envers

Contes et nouvelles en vers

Dalva

Jean de Florette

L'homme qui voulait être heureux

L'île mystérieuse

La Dame aux camélias

La petite sirène

La planète des singes

La Religieuse

À propos de la collection

La série FichesdeLecture.com offre des contenus éducatifs aux étudiants et aux professeurs tels que : des résumés, des analyses littéraires, des questionnaires et des commentaires sur la littérature moderne et classique. Nos documents sont prévus comme des compléments à la lecture des oeuvres originales et aide les étudiants à comprendre la littérature.

Fondé en 2001, notre site FichesdeLectures.com s'est développé très rapidement et propose désormais plus de 2500 documents directement téléchargeables en ligne, devenant ainsi le premier site d'analyses littéraires en ligne de langue française.

FichesdeLecture est partenaire du Ministère de l'Education du Luxembourg depuis 2009.

Plus d'informations sur www.fichesdelecture.com

ISBN: 978-2-511-02961-9

Notes :